1 Bloom into You

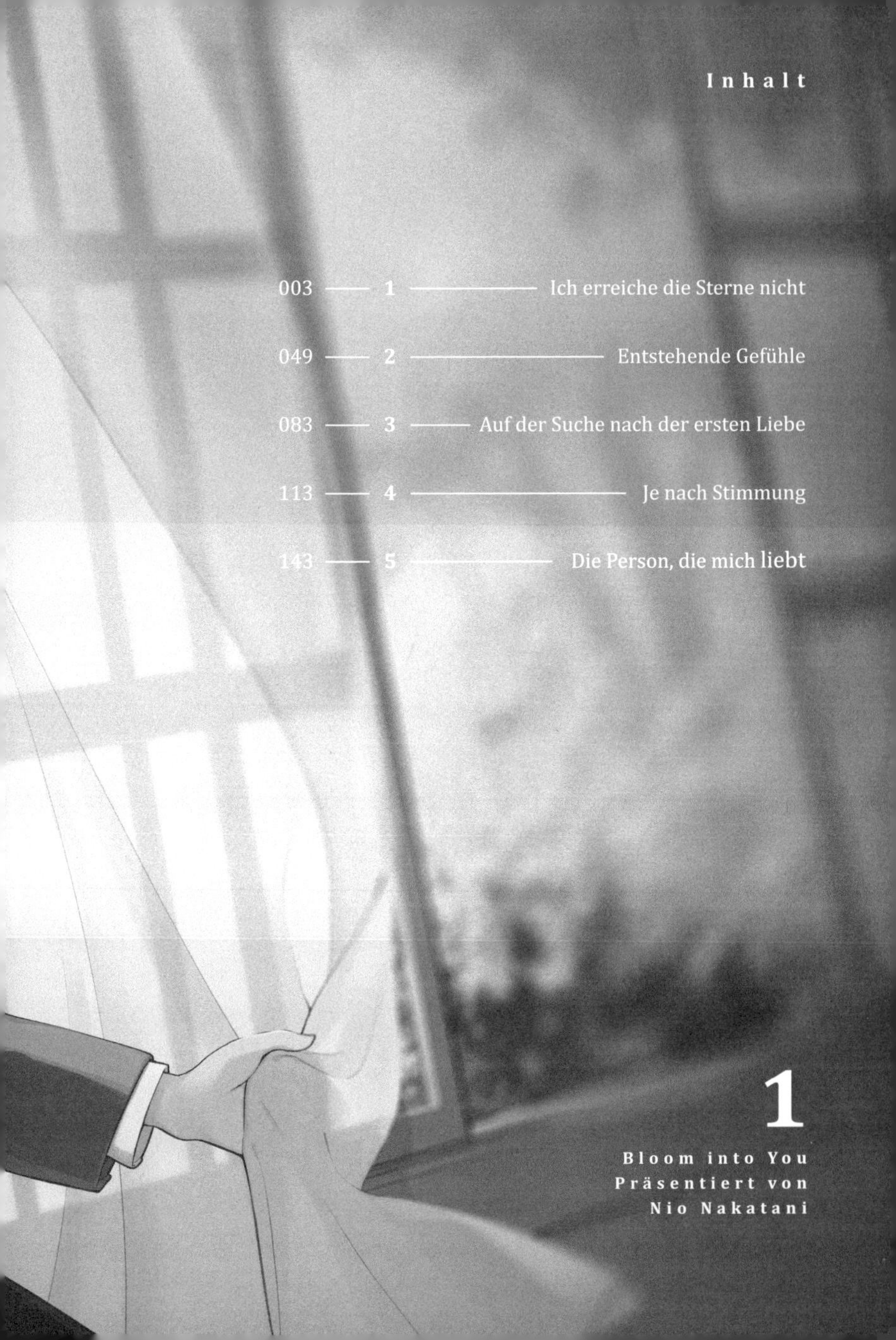

Inhalt

1

Bloom into You
Präsentiert von
Nio Nakatani

1
ICH ERREICHE DIE STERNE NICHT
EPISODE EINS

DING
DONG
DIE KIRSCHBÄUME LEUCHTEN NACH DER BLÜTE LÄNGST WIEDER IN EINEM SATTEN GRÜN...
UND ICH HABE MICH AN MEINEN NEUEN SCHULWEG DEN HÜGEL HINAUF...
... UND DIE NEUE SCHULUNIFORM GEWÖHNT.
DING
DONG
NUR EINE SACHE HAT SICH BEI MIR SEIT DER MITTELSCHULE NICHT VERÄNDERT ...
YU!

WEM SCHREIBST DU DENN DA?
HM, NIEMANDEM.
AKARI, MUSST DU NICHT GLEICH ZU DEINER AG?
JA.
HAST DU DICH LANGSAM MAL ENTSCHIEDEN, YU?
DIE ANMELDUNGSFRIST FÜR DIE AGS RÜCKT IMMER NÄHER.
ICH BIN MIR NOCH NICHT SICHER.
LEICHTATHLETIK, HANDBALL ...
... UND BADMINTON INTERESSIEREN MICH.
ODER SOLLTE ICH IN DER OBERSCHULE LIEBER ETWAS KULTURELLES MACHEN?
PUH, ENTSCHEID DICH MAL.
KOMM DOCH ZUR BASKETBALL-AG.
BIN ICH NICHT ZU KLEIN DAFÜR?
ACH WAS!!
HEY, KOITO.
YU KOITO!

ÄH... JA?
WENN DU DICH NICHT FÜR EINE AG ENTSCHEIDEN KANNST, WÄRE DAS SCHULKOMITEE VIELLEICHT ETWAS FÜR DICH.
DAS SCHULKOMITEE?
HÄ? DAS KLINGT ABER LANGWEILIG.
UNSER SCHULKOMITEE IST SEHR AKTIV.
UND SIE SIND BEI FAST ALLEN AKTIVITÄTEN INVOLVIERT.
UND BASKETBALL?
ACH.
KANN ICH ES MIR MAL ANSCHAUEN?
OH, HAST DU INTERESSE?
DU WÜRDEST UNS SEHR HELFEN!
WIE?
ES WIRD SCHON BALD DER SCHULSPRECHER GEWÄHLT.
ÄÄÄH...
ICH HABE SCHÜLER GESUCHT, DIE BEI DEN VORBEREITUNGEN HELFEN. TOLL, DASS DU DABEI BIST!

IRGENDWIE FÜHLE ICH MICH ETWAS ÜBERRUM-PELT...
... ABER INTERES-SE HÄTTE ICH JA SCHON.
ICH GLAUBE, DASS DAS ORGA-BÜRO HIER IN DEM GEBÄUDE IST...
HUCH?
DAS IST HIER ABER ALLES VERBAUT. MENSCH, WO IST DAS DENN?
HM?
IST DA JE-MAND?
VIEL-LEICHT HIER?
NANAMI, WILLST...

... DU VIELLEICHT MEINE FREUNDIN SEIN?
...

ES TUT MIR LEID.
ICH KANN NICHT MIT DIR ZUSAMMEN SEIN.
...
ACH SO.
DAS WAR JA KLAR.
SO EIN TOLLES MÄDCHEN PASST NICHT ZU JEMANDEM WIE MIR...
SAG NICHT SO ETWAS!!
DU BIST BESTIMMT EIN NETTER TYP.
ICH WILL ...

... MOMENTAN NUR KEINE BEZIEHUNG, AUCH WENN MAN MICH SO NETT FRAGT.
NUN ...
OH?

* DAS ZWEITE JAHR DER OBERSCHULE ENTSPRICHT DEM 11. SCHULJAHR.

WAS MACHST DU ÜBERHAUPT HIER?
ÄHM, ICH HABE DAS BÜRO DES SCHULKOMITEES GESUCHT.
DAS IST WIRKLICH SCHWER ZU FINDEN.
ES WAR URPSRÜNGLICH MAL DER KALLIGRAFIE-AG ZUGETEILT, ABER NUN DARF DAS SCHULKOMITEE DEN RAUM NUTZEN.
MOMENTAN GIBT ES AN DIESER SCHULE IM KÜNSTLERISCHEN BEREICH NUR DIE FÄCHER MUSIK UND KUNST.
DU KENNST DICH ABER GUT AUS.
NATÜRLICH.
OH!
BIST DU DIE ERSTKLÄSSLERIN, DIE HEUTE ZUM HELFEN KOMMT?
ÄH.
JA.
WIR SIND DA.

SCHULKOMITEE
ICH BIN TOKO NANAMI VOM SCHUL-KOMITEE.
SCHÖN, DICH KENNENZU-LERNEN.
GANZ MEINER-SEITS!

YU.
HEY, YU.
HM?
JA, WAS DENN?
WIE WAR ES BEIM SCHULKOMITEE?
DORT SOLL VIEL LOS SEIN. GEHST DU WIEDER HIN?
HM. ICH BIN MIR NICHT SICHER.
ES GAB ABER JEMAND COOLES.
OHO?!
WIE? HAST DU EINEN TOLLEN JUNGEN GETROFFEN?!
NEIN, EINE ÄLTERE MITSCHÜLERIN.
ACH SO.
ICH HATTE MIR SO WAS SCHON GEDACHT.

ABER SIE WAR WIRKLICH COOL.
SIE KANN TOLL ORGANISIEREN, IST HÜBSCH UND LIEB.
SIE HEISST TOKO NANAMI.
OH, ICH HABE VON IHR GEHÖRT.
SIE WAR IN DER ERSTEN KLASSE SCHON BEKANNTER ALS DER SCHULSPRECHER.
WEIL DU »COOL« GESAGT HAST, DACHTE ICH, ES WÄRE EIN TYP.
HM... WIE WAR ES DENN BEIM BASKETBALL, AKARI?
ODER SOLL ICH NICHT FRAGEN?
NEIN, DER TYP WAR WIEDER SUPERCOOL!!
BIST DU NUR AUF DIESER OBERSCHULE, UM JUNGS HINTERHERZULAUFEN?
DRÜCK
WENN DU EINER AG BEITRITTST, FINDEST DU VIELLEICHT AUCH JEMANDEN, KOYOMI.
ICH MAG EHER ÄLTERE...
ECHT?
ICH DACHTE, DASS ENDLICH YUS LIEBE AUFBLÜHEN WÜRDE.
SIE ERZÄHLT WIRKLICH NICHTS DERGLEICHEN.

AM LETZTEN TAG DER MITTELSCHULE ERHIELT ICH EINE LIEBES-ERKLÄRUNG.
ICH HABE NOCH NICHT DA-RAUF GEANT-WORTET.
EIGENTLICH WOLLTE ICH MIT AKARI UND KOYOMI DARÜ-BER REDEN...
... ABER ...

...MOMENTAN NUR KEINE BEZIEHUNG, AUCH WENN MAN MICH SO NETT FRAGT.
DIESE MITSCHÜLERIN...

DAMPF
DAMPF
MÖCHTET IHR KAFFEE ODER TEE?
EINEN SCHWARZEN TEE.
DANKE.
HIER, FÜR DICH, SAEKI.
DANKE.
WIR MÜSSEN BALD ZUCKER NACHKAUFEN.
EARL GREY
ES FÜHLT SICH HIER GUT AN, ODER?
DIESES ZIMMER IST WIE EIN KLEINES HAUS.

SAG MAL, TOKO...
STIMMT ES, DASS DU WIEDER EINE LIEBESERKLÄRUNG BEKOMMEN HAST?
WOHER WEISST DU DAS, SAYAKA?
DU SOLLTEST MEIN INFORMATIONSNETZ NICHT UNTERSCHÄTZEN.
NA JA, ES HAT MIR DER JUNGE VERRATEN, DER ABGEWIESEN WURDE.
WIE? WARUM DAS?
BESTIMMT IST ES IHM NICHT PEINLICH, VON DIR EINEN KORB BEKOMMEN ZU HABEN.
WIE?
SEIT BEGINN DER OBERSCHULE WAREN ES SCHON ÜBER ZEHN, ODER?
ABER ALLE WURDEN ABGELEHNT.
AUCH WENN DIE EINFACH BEI MIR ANKLOPFEN, WERDE ICH NICHT IHRE FREUNDIN.
STIMMT, DU WEIST ALLE AB.
NEULICH WURDE IHR SOGAR VON EINEM MÄDCHEN EIN ANTRAG GEMACHT.
WAS?!
PA... PASSIERT SO WAS WIRKLICH?
RED KEIN UNNÖTIGES ZEUG.

ABGESEHEN VON DEM MÄDCHEN...
... GAB ES DENN NIEMANDEN, DER FÜR DICH INFRAGE GEKOMMEN WÄRE?
ES TUT MIR ZWAR ETWAS LEID...
... ABER ICH HATTE KEIN INTERESSE.
GIBT ES...
... DAFÜR EINEN GRUND?
EINEN GRUND... WENN ICH EINEN SAGEN MÜSSTE:
ICH HABE BISHER NIE HERZKLOPFEN BEKOMMEN...
... WENN JEMAND GESAGT HAT, DASS ER MICH MAG.

ÄHM...
HEISST DAS...
ENT-SCHULDI-GUNG.
ICH WÜRDE GERNE BEI EUCH MITAR-BEITEN...
OH, BIST DU EIN ERST-KLÄSSLER UND MÖCHTEST ES DIR ANSCHAU-EN?
KOMM DOCH REIN.

VRRMMM
TUT MIR LEID, DASS
SO SPÄT SCHREIBE.
ICH WÜRDE GERNE
EINE ANTWORT VON
BEKOMMEN.
DARF ICH DICH MORGEN
DEM UNTERRICHT

ICH WÜRDE GERNE LANGSAM EINE ANTWORT VON DIR BEKOMMEN.
DARF ICH DICH MORGEN NACH DEM UNTERRICHT ANRUFEN?
UT MIR LEID, DASS DU WARTEN USSTEST. IN ORDNUNG, MOR
MORGEN
MORGENS
ABSCHICKEN
FITSCH
BOMMS

YU ...
WAS IST DENN?
... NUN JA.
NICHTS...
ES IST NICHTS.
ES TUT MIR LEID.

SCHEPPER
NOCH ... NICHT?
ICH BIN EINE IDIOTIN, MICH SO ZU BEEI-LEN.
KEUCH KEUCH
ABER ... ICH MUSS DARÜBER SPRECHEN.
KEUCH
HUCH?

DU BIST ABER FRÜH, KOITO.
DAS IST LOBENSWERT.
NANAMI.
HM?
ÄHM …
SAYAKA HAT ZU HAUSE DINGE ZU ERLEDIGEN UND KOMMT NICHT.
HEUTE SIND WIR WOHL ALLEINE …
ÄHM, NANAMI!

WAS IST MIT DEM JUNGEN?
DER ERST-KLÄSS-LER VON NEULICH?
ACH, DER JUNGE?
NEIN, DARÜBER WOLLTE ICH GAR NICHT REDEN.
ER WIRD UNS HELFEN KOMMEN.
AB MORGEN IST ER DABEI.
DAS IST SUPER!
DU SOLLST DICH JA AUCH NICHT ÜBERAR-BEITEN.
DAS WÄRE SCHÖN.
ABER WIE SOLL ICH ES SAGEN?
!
WUSCH

ガタ
POLTER
VI... VIELEN DANK.
TUT MIR LEID, ICH HÄTTE DEN TEE MACHEN SOLLEN!
DAS IST SCHON IN ORDNUNG.
HEUTE HABEN WIR AUCH NICHT SO SCHWIERIGE DINGE ZU ERLEDIGEN.
ICH WERDE MIR GERNE ANHÖREN, WAS DU SAGEN MÖCHTEST.
DU SIEHST AUS, ALS WÜRDEST DU ETWAS SAGEN WOLLEN.
NANAMI ...

EINE ANTWORT AUF EINE LIEBESERKLÄRUNG?
DU SCHEINST ERNSTHAFT NACHZUDENKEN, WENN DU DIR EINEN MONAT ZEIT NIMMST.
ABER DU KENNST DEN JUNGEN KAUM.
DARÜBER NACHZUDENKEN, OB DU SEINE FREUNDIN WIRST ODER NICHT...
ACH, DAS MEINE ICH NICHT.
ICH HABE MICH SCHON LÄNGST ENTSCHIEDEN.
WIE?

ER IST NETT...
ABER ...
... ICH ÜBERLEGE, IHN ABZUWEISEN.
ICH WAR DREI JAHRE MIT IHM IN DERSELBEN KLASSE.
WIR HABEN OFT GEREDET.
WIR HABEN AUCH MAL AUSSERHALB DER SCHULE ETWAS UNTERNOMMEN.
ES WAR SCHÖN, ZUSAMMEN ZU SEIN.
ABSCHLUSSZEREMONIE
DESWEGEN...
NACH DER ZEREMONIE ...
... MUSS ICH MIT DIR REDEN.

HM? UM WAS GEHT ES DENN?
DIE LIEBE IN BÜCHERN ODER LIEDERN IST SO STRAHLEND.
ICH HABE SIE IMMER BEWUNDERT.
ICH WOLLTE MICH AUCH SO FÜHLEN, ALS WÜRDEN MIR FLÜGEL WACHSEN.
ICH HATTE GROSSE HOFFNUNGEN.
KOITO, ICH LIEBE DICH.
BITTE WERDE MEINE FREUNDIN!
ABER ...

WARUM ...
... MÖCHTEST DU, DASS ICH DEINE FREUNDIN WERDE?
WARUM? DAS IST DOCH EIN-FACH.
ICH EMPFINDE ETWAS BE-SONDERES FÜR DICH.
ICH WILL, DASS DU MEINE FREUNDIN BIST.
...
KANNST DU ETWAS AUF DIE ANTWORT WARTEN?
... IRGENDWIE BLIEB ICH WIE VORHER MIT DEM BODEN VERWACHSEN.

ALLES GUT. ICH BIN SI-CHER...
... NUR SPÄTER ALS ANDERE DRAN, DASS MIR DIE FLÜGEL WACHSEN.
IR-GEND-WANN...
... IST ES SO ...
ICH WOLLTE MICH VERÄN-DERN, DAMIT ICH SEINER BITTE NACH-KOMMEN KANN.
ABER ICH...
... WEISS NICHT, WAS DIES FÜR EIN BESONDE-RES GEFÜHL SEIN SOLL.

... ABER ...
ICH KONNTE NICHT MIT FREUNDEN DARÜBER REDEN...
ICH HABE BISHER NIE HERZKLOPFEN BEKOMMEN...
AUSSERDEM ...
... ICH GLAUBE, DASS DU MICH VERSTEHEN KÖNNTEST, NANAMI.
ぽ
POMM
ん.
ES IST SCHLIMM, SICH VERLIEBEN ZU MÜSSEN, ODER?

ALLE HIER LIEBEN ES, ÜBER DIE LIEBE ZU QUASSELN.
ICH KOMME MIR DA AUCH MANCHMAL SELTSAM VOR.
DU AUCH, NANAMI?
LÄCHEL
OB ICH ES WOHL SO DIREKT SAGEN KANN WIE DU?
VRRRRMM
VRRRMM
EINGEHENDER ANRUF
!
POLTER!
IST ER DAS?

VRRRMM
VRRRMM
VRRRMM
VRRRMM
ALLES GUT.
ES IST ALLES GUT.
SO WIE ER DIR SEINE GEFÜHLE GESTANDEN HAT...
... KANNST DU ES IHM AUCH EIN-FACH DIREKT SAGEN.
DRÜCK

VERSTELL DICH NICHT UND BLEIB DIR TREU.
HALLO?

ES TUT MIR LEID.
...
DANKE.

JA, ICH MUSS ...
... MICH AUCH BE-DANKEN.

TELEFONAT WURDE BEENDET.
PUH...
VIELEN LIEBEN DANK.
WÄRST DU NICHT GEWE-SEN, HÄTTE ICH ES BESTIMMT NICHT SO GUT SAGEN KÖNNEN.
Ä... ÄHM...
NANAMI?

YU.
YU, DU...
MEINE HAND...
... WAR ETWAS FEUCHT VON IHRER SCHWITZIGEN HAND.

DAS STIMMT.
EMPFINDEST DU NICHTS BESONDERES FÜR IRGEND-JEMANDEN?
NEIN...
...
... FÜR NIEMAN-DEN.
... MEINTEST, DASS DU NICHT WEISST, WAS DAS BESON-DERE IST, ODER?

ZEIRR
UWAH!
NANAMI...?
BOMM

GEHT ES...
... DIR...
... NICHT GENAUSO WIE MIR?
NEIN, GAR NICHT.
DENN...

... ICH VERLIEBE MICH GERADE IN DICH.
ICH WEISS NICHT...
... WAS SIE MIR DAMIT SAGEN WOLLTE.

EIN WICHTIGES MITGLIED FÜR UNSER SCHUL-KOMITEE.
JEMAND, DER SICH DER INSEKTEN ERWEHREN KANN!!
DRÜCK
IM ZIMMER DES SCHUL-KOMITEES IST ECHT VIEL ZU TUN...
BATSCH

Bloom Into You

2
ENTSTEHENDE GEFÜHLE
EPISODE ZWEI

DENN ICH VERLIEBE ICH MICH GERADE IN DICH.

ÄHM, NANAMI?
HUCH?
OH...
TUT MIR LEID, KOITO.
MM
PA
DAS WAR NUR SPASS!
VERGISS DAS EIN-FACH.
AH HA HA.
DIE ARBEIT RUFT.

...
ブク ブク
BLUBBER BLUBBER
ABER WIR SIND JA BEIDE MÄDCHEN.
DAS HAT ALSO BESTIMMT NICHTS ZU BEDEUTEN, WORÜBER ICH MIR SORGEN MACHEN MÜSSTE.
PLATSCH!
ABER IHR BLICK...

VIELEN DANK FÜR...
... EURE GUTE MITARBEIT IN DIESEM SCHULJAHR!
ZUM WOHL!

SEITDEM IST NICHTS NENNENSWERTES PASSIERT.
VIELLEICHT MACHE ICH MIR ZU VIELE GEDANKEN.
SCHULSPRECHER KUZE.
WARUM TAUCHST DU HIER DIE GANZE ZEIT NICHT AUF UND KOMMST ZUM ABSCHLUSS NUR ZUM FEIERN?
ICH WAR NUN MAL BESCHÄFTIGT, WEIL ICH ZUDEM IN EINER AG BIN.
TUT MIR LEID, DASS IHR ERSTIS GLEICH HELFEN MUSSTET, ABER...
... ES WAR EINE GROSSE HILFE.
MAKI ...
... UND KOITO, ODER?
WIR KONNTEN SO MITKRIEGEN, WIE ES HIER IM SCHULKOMITEE ABLÄUFT.
HOFFENTLICH KÖNNEN WIR BALD MITGLIEDER WERDEN.

DAS HÄNGT WOHL VON IHR AB.
NICHT WAHR, KÜNFTIGE SCHULSPRECHERIN?
DAS IST NOCH NICHT ENTSCHIEDEN.
DIE WAHL FINDET JETZT ERST STATT.
ABER DU STELLST DICH ZUR WAHL, ODER? DANN IST ES ALSO SICHER.
SAG DAS BITTE NICHT SO LEICHTFERTIG.
ICH GLAUBE FEST DARAN, DASS DU ES WIRST.
MÖCHTEST DU NOCH WAS TRINKEN, KOITO?
HÖR MIR ZU!

TOKO IST IRGEND-WIE GUT DRAUF, ODER?
JA?
NANAMI TRITT ALSO WIRKLICH AN?
SIE WAR SCHON ALS ERSTKLÄSS-LERIN DAS GESICHT DES SCHULKOMI-TEES...
... WEIL EIN GEWIS-SER JEMAND IHR ALLE AUFGABEN AUFGE-DRÜCKT HAT.
MÖCHTEST DU DENN NICHT SCHULSPRECHE-RIN WERDEN, SAEKI?
NEIN, IST SCHON GUT.
WIE BIS-HER...
... WILL ICH TOKO IN ALLEM UNTERSTÜT-ZEN.

AUCH BEI DER WAHL...
WAS DIE WAHL ANGEHT...
... GIBT ES DORT SOGENANNTE EMPFEHLUNGSVERANTWORTLICHE.
ICH BRAUCHE ALSO JEMANDEN, DER MIR BEI DEN WAHLAKTIVITÄTEN HILFT.
KANN ICH DICH VIELLEICHT DARUM BITTEN, KOITO?
WIE?

1-A
HAST DU SO VIEL ZU TUN?
JA, TOTAL...
ぐで
HÄNG
WAS MUSST DU DENN DAFÜR MACHEN?
NUN JA...
ICH MUSS MIT NANAMI ZETTEL VERTEILEN, POSTER HERSTELLEN UND SO...
DAS KLINGT NACH VIEL ARBEIT, ABER...
... DAS IST DOCH AUCH NUR EINE ERWEITERTE HILFSARBEIT, ODER?
DAS IST JA ALLES NICHT SO SCHLIMM ...
... ABER DANN MUSS MAN AUCH NOCH EINE UNTERSTÜTZUNGSREDE VOR DER GANZEN SCHULE HALTEN.
OJE.
DAS IST ECHT HART.
DABEI IST DAS NICHT DEIN DING.
VOR LEUTEN...
URGH ...

DARAUF HABE ICH ÜBERHAUPT KEINE LUST...
DAS IST ZU VIEL VERANT-WOR-TUNG.
SIE SCHEINT WIRKLICH GEFALLEN AN DIR GEFUNDEN ZU HABEN, WAS?
WARUM WOHL?
ICH HABE ABGELEHNT, ABER NANA-MI WILL EIN-FACH NICHT AUFGEBEN.
DANN LEHN DOCH AB.
NANAMI HAT DOCH EIGENTLICH SAEKI AN IHRER SEITE, ODER?
TEST DES ERSTEN TRIMESTERS
BESTEN DES 2. JAHRGANGS
TOKO NANAMI
SAYAKA SAEKI
NOBOZUKI NAKAYAMA
SHU MITARI
KEN ITO
ICH HABE GEHÖRT, DASS DIE BEIDEN SEIT DER EINSCHU-LUNG IMMER DIE STUFEN-BESTENLISTE ANGEFÜHRT HABEN.

WENN SIE NEBENEINANDER GEHEN, FALLEN SIE SOFORT AUF.
ANSTELLE VON MIR SOLLTE DOCH LIEBER...
SIE SCHEINT WIRKLICH GEFALLEN AN DIR GEFUNDEN ZU HABEN, WAS?
SCHÜTTEL
SCHÜTTEL
NEIN, NEIN, NEIN.

PIEP
BATSCH
TOLLE ANGABE!
KREISCH
KREISCH
WIE ERWARTET VON DIR, TOKO!
DU BIST KLASSE.
DANKE!!

SAYAKA?
DU SCHEINST JA WIRKLICH GUT DRAUF ZU SEIN.
ICH HAB MICH ENT-SCHULDIGT. KANNST DU DICH NICHT WIEDER BE-RUHIGEN?
NICHT WIRKLICH.
ICH BIN SELBST SCHULD, DASS ICH DACHTE, DEINE VERANT-WORTLICHE ZU WERDEN.
ICH HAB DOCH EINGESEHEN, DASS ICH DAS VORHER MIT DIR HÄTTE BESPRECHEN SOLLEN.
DU HAST RECHT.

ABER DENNOCH MÖCHTE ICH GERNE KOITO DARUM BITTEN.
IN DER TAT KANN SIE GUT MITARBEITEN...
... UND WIRD AUCH DIE ARBEIT ALS VERANTWORTLICHE GUT ERLEDIGEN...
... ABER ICH VERSTEH ES NICHT GANZ.
...
WARUM DENN?
DENKST DU ERNSTHAFT ÜBER DIE WAHL NACH?
VIELLEICHT TUST DU NUR SO, ALS WÄRE DIE WAHL SELBSTVERSTÄNDLICH, UND HÄLTST DICH EIGENTLICH ZURÜCK.
ÜBERHAUPT NICHT.
ICH GLAUBE, ES IST WICHTIG, DASS EINE ERSTKLÄSSLERIN MEINEN WAHLKAMPF LEITET.

FINDEST DU NICHT AUCH, DASS DIE WAHL IM MAI ZU FRÜH IST?
EIGENTLICH KENNEN DIE ERSTKLÄSSLER DIE ANWÄRTER AUS DEM ZWEITEN JAHRGANG DOCH NOCH KAUM.
DAS MAG SEIN.
DEN MEISTEN IST DIE WAHL BESTIMMT VÖLLIG EGAL...
... ABER VIELLEICHT WÜRDE EINE ERSTKLÄSSLERIN AUF DEM PODEST IHR INTERESSE WECKEN.
BEI DER UNTERSTÜTZUNGSREDE SOLL SIE MICH AUCH NICHT EINFACH NUR LOBEN...
... SONDERN LIEBER EINE EHRLICHE BEWERTUNG ÜBER MICH ABGEBEN.
DAMIT WILL ICH ZEIGEN, DASS ICH DIE MEINUNG ALLER IN BETRACHT ZIEHE.
GAR NICHT SO DOOF, ODER?
WIR MACHEN WEITER.

PIEP
BOMM
DAS KLINGT ZWAR ALLES GANZ LO-GISCH...
... ABER MEINST DU DAS WIRK-LICH?
FÜR MICH KLINGT DAS...
... NUR WIE EINE BILLIGE AUSREDE.
AUSSER-DEM...
... MÖCHTE ICH SIE NACH DER WAHL INS SCHULKOMITEE EINLADEN.

DURCH DEN WAHL-KAMPF MÖCHTE ICH, DASS SICH UNSER VERTRAU-ENSVERHÄLTNIS VERTIEFT.
ACH SO...
ALSO MÖCHTEST DU LIEBER DAS VERTRAU-EN ZU IHR ALS ZWISCHEN UNS VERTIEFEN?
PEP
SAYAKA!
BOMM

BATSCHK
TOCK
T…
TOKO!
PIEP
BAMM
JUHU!
FREU
FREU
IHR SEID BEIDE KLASSE, TOKO UND SAEKI.
IHR VERSTEHT EUCH PERFEKT.

IST DAS WIRKLICH ZWISCHEN UNS NOCH NÖTIG?
DU BIST...
... WIRKLICH UNFAIR.
NA GUT. DANN WERDE ICH EBEN NACH-GEBEN.
DANKE, SAYAKA!
ABER WENN DU NICHT GE-WÄHLT WIRST, GIBT ES ÄRGER.
KEINE ANGST. ICH WERDE GANZ SICHER SCHUL-SPRECHERIN.

ICH VERLASS MICH AUF DICH, VIZE-SCHULSPRECHERIN.
DAS IST FÜR DICH.
IST DAS ... EIN MANUSKRIPT FÜR DIE UNTERSTÜTZUNGSREDE?

ICH HABE SIE SO GESCHRIEBEN, ALS WÜRDE ICH SIE VORLESEN, DAHER KANNST DU SIE SO NICHT BENUTZEN.
ABER DU KANNST GERNE TEILE VERWENDEN ODER DICH DAVON INSPIRIEREN LASSEN.
ABER ICH WEISS NICHT, OB ICH DAS GUT KANN.
SAEKI, DU WÜRDEST GANZ SICHER...
DAS MAG ZWAR STIMMEN, ABER...
... EINIGE DINGE KANNST NUR DU.
ZUMINDEST IST DAS TOKOS MEINUNG.
GIB ALSO DEIN BESTES.
HM...
WENN SELBST DU DAS SAGST...

EINVER-STANDEN.
ICH WERDE TUN, WAS ICH KANN.
ANWÄRTER
2-A
Toko Nanami
KLASSENLEHRER
STUFENLEITER
Kyoko Tsuji
Kifumi Koya
EMPFEHLUNGSVERANTWORTLICHER
1-A
Yu Koito
KLASSENLEHRER
Akira Aoyama

JETZT SIND WIR ALSO PARTNER IN DIESEM WAHLKAMPF.
AUF GUTE ZUSAMMENARBEIT, KOITO.
WIR WERDEN TUN, WAS WIR KÖNNEN...
FOLGE MIR EINFACH...
IN ORDNUNG. IN ORDNUNG.
ICH HATTE NICHT GEDACHT, DASS DU SO AGGRESSIV SEIN WÜRDEST.
ICH WOLLTE DICH NUN MAL UNBEDINGT DARUM BITTEN.
WARUM DENN UNBEDINGT MICH?
ÄHM...
HM?
WEGEN DER SACHE VON NEULICH...
NEULICH?

»DENN ICH VERLIEBE MICH GERADE IN DICH.«
ODER?
ACH, DAS…
HM…
TUT MIR LEID, DASS ES DICH BESCHÄFTIGT.
ICH HABE ES GESAGT, OHNE DARÜBER NACHZUDENKEN…
DAS IST MIR NUR SO RAUSGERUTSCHT.
NEIN.
ICH WEISS JA, DASS DAS NICHTS SELTSAMES ZU BEDEUTEN HATTE!
KLANG
KLANG
KLANG

KLANG
WIR SIND SCHLIESS-LICH BEIDE MÄDCHEN!
KLANG
ABER SELBST WENN WIR KEINE MÄDCHEN WÄREN...
... WÜR-DEST DU DICH...
KLANG
... SICHER NICHT IN MICH VER-LIEBEN.
KLANG
BOMM
UPS!
KLANG
KLANG
NANAMI?
BLEIB BITTE NICHT EINFACH STEHEN.

KLANG
KLANG
NANAMI?
KLANG
KADONG
KADONG
KLANG
KADONG
BWOMM

KADONG
KADONG
KLANG
MIT VERLIE-BEN...
... MEINTE ICH GENAU SO EINE LIEBE.
KLANG
KLANG
WENN ICH BEI DIR BIN, BE-KOMME ICH HERZKLOP-FEN.
DIESES GEFÜHL HATTE ICH BISHER BEI NIEMANDEM.
KLANG
KADONG

ザワ
BRABBEL
ザワ
BRABBEL
ザワ
BRABBEL
ザワ
BRABBEL
ザワ
BRABBEL

WAS SOLL ICH NUR MA-CHEN?
DAS SOLLTE ...
... VIEL EHER ICH DICH FRA-GEN.

DAS IST NUR EIN ENTWURF...
DAS WAR GANZ SICHER GELOGEN.
DAS IST PERFEKT.

Bloom Into You

キーン DING
コーン DONG
カーン DANG
ざわ BRABBEL
ざわ BRABBEL
ざわ BRABBEL
BRAUCHT MAN FÜR DIE WAHL WIRKLICH SO VIELE HELFER?
BIST DU AUCH GEKOMMEN, MAKI?
ICH WOLLTE DIE VERANT-WORTLICHEN ZUMINDEST EIN WENIG ENTLASTEN.
AH HA HA.
DANKE.
OH.
DU BIST SPÄT, TOKO.

TUT MIR LEID, DASS IHR WARTEN MUSSTET!
DIE HAUPTPERSON KOMMT ALSO ZU SPÄT?
ES TUT MIR LEID.
VIELEN DANK, DASS IHR EUCH HEUTE VERSAMMELT HABT.
BEVOR MORGEN DER WAHRE WAHLKAMPF BEGINNT...
... SOLLTEN WIR UNS HEUTE ERST MAL KENNENLERNEN UND UNS BESPRECHEN.

3
AUF DER SUCHE NACH DER ERSTEN LIEBE

EPISODE DREI

GUTE ARBEIT.
BIS MORGEN.
BRABBEL
BRABBEL
GUTE ARBEIT.
KOITO.
HAST DU KURZ ZEIT?

TUT MIR LEID WEGEN NEULICH.
MICH HAT DAS ÜBERHAUPT NICHT GESTÖRT.
NEIN?
ABER DAS...
ES TUT MIR WIRKLICH LEID.
DENNOCH...
... HABE ICH DICH NICHT AUS DEM GRUND FÜR DIE ZUSAMMENARBEIT AUSGESUCHT...
... SONDERN ALS KAMERADIN IN DIESEM WAHLKAMPF.
DARF ICH DICH ALSO ERNEUT DARUM BITTEN?

EINVERSTANDEN …
WIRKLICH?
ICH HABE DOCH GESAGT, DASS ICH ES MACHE.
SAEKI VERLÄSST SICH JA AUCH AUF MICH.
ICH WERDE ES MACHEN.
DANKE.
ES HAT MICH WIRKLICH NICHT GESTÖRT.

WENN EINE FRAU...
... SICH SO PLÖTZLICH AUF EINEN STÜRZT...
... MÜSSTE MAN DANN NICHT ABSCHEU EMPFINDEN?
ABER WENN ES MICH NICHT STÖRT...
... HÄTTE ICH DANN NICHT MEHR HERZKLOPFEN...
... BEIM ERSTEN KUSS HABEN SOLLEN?

IRGENDWIE WAR DA ... NICHTS...
WENN ICH BEI DIR BIN, BEKOMME ICH HERZ-KLOPFEN.

SCHULSPRECHER-ANWÄRTERIN
TOKO NANAMI
SCHULSPRECHER-ANWÄRTERIN
TOKO
TOKO NANAMI
SCHULSPRECHER-ANWÄRTERIN
Nanami

TOKO.
HIER IST KEIN STEMPEL AUF DEM POSTER.
HUCH? HABE ICH DEN VERGESSEN?
ICH HOLE MIR DEN STEMPEL VON DEM FÜR DIE WAHL VERANTWORTLICHEN LEHRER.
DANKE.
DANKE, YU.
FEUER
JA.
WIR SIND NUR EINE ANWÄRTERIN UND IHRE VERANTWORTLICHE.
LEHRERZIMMER

AUSHANG ERLAUBT
WAHLVERWAL-TUNGSKOMITEE
DU BIST JA VOLL DABEI.
WEITER SO!
VIELEN DANK.
NANAMI MÖCHTE JETZT ALSO SCHUL-SPRECHERIN WERDEN?
QUIETSCH
JA...
DIE ZEIT VERGEHT SCHNELL.
DU WEISST SCHON, WER SICH AUCH FREU-EN WIRD.

SCHULZEITUNG
KOITO, DU BIST UNTER DEN REDNERN DIE EINZIGE ERSTKLÄSS-LERIN.
J...
JA.
ÄHM ...
ICH WERDE AUS MEINER SICHT ÜBER NANAMI ER-ZÄHLEN...
... DAMIT DIE ERST-KLÄSSLER INTERESSE AN DER WAHL BEKOMMEN.
INTE-RES-SANT.

PUH.
GUT GEMACHT.
EIN INTERVIEW IST AUFREGEND, ODER?
DU SAHST ABER ÜBERHAUPT NICHT AUFGEREGT AUS.
GLAUB ICH NICHT.
WAR ICH ABER.
DIE WAHL IST EINE ERNSTE SACHE.
DIE ANDEREN ANWÄRTER SIND AUCH MIT EIFER DABEI...
UNSERE SCHULE IST IMMER BEGEISTERT VON SOLCHEN EREIGNISSEN.
ES WIRD HART, SICH GEGEN DIESE KONKURRENZ DURCHZUSETZEN.
DAS SAGST DU, OBWOHL DU ZUVERSICHTLICH BIST?
ICH WEISS NICHT.
KÖNNEN SICH ALLE ANWÄRTER UND VERANTWORTLICHEN KURZ HIER VERSAMMELN?

ICH WILL EIN GRUP-PENFOTO MACHEN.
SCHAUT BITTE HIERHER.
VERSAMMEL
VERSAMMEL
TUT MIR LEID. NOCH ETWAS ENGER ZUSAM-MEN.
STUPS
OH!
TUT MIR LEID.

ÄH.
SCHON GUT.
NOCH EIN WENIG NÄHER.
SEHR ENG.
DANN MACHE ICH JETZT DAS FOTO.
!

KOITO?
WAS MACHST ...

ICH HABE BISHER NIE HERZKLOPFEN BEKOMMEN, WENN JEMAND GESAGT HAT, DASS ER MICH MAG.
ABER ICH WEISS NICHT, WAS DIES FÜR EIN BESONDERES GEFÜHL SEIN SOLL.
VIELEN DANK AN ALLE.
LASST UNS GEHEN.

WIE UNFAIR.
ICH DACHTE, DASS SIE GENAUSO WIE ICH WÄRE...
... ABER NUR DURCHS HALTEN IHRER HAND MACHT SIE SO EIN GESICHT.

SIE WEISS ALSO SCHON, WAS DIESES BESONDERE GEFÜHL IST.
DABEI MÖCHTE ICH AUCH SO WER-DEN WIE SIE.

VRRMM
SCHWUPP
TOKO NANAMI
ICH WÜRDE MIT DIR GERNE ÜBER DIE REDE SPRECHEN. HAST DU MORGEN AUF DEM HEIMWEG ZEIT?
18:21
...
OKAY...
ICH WEISS ES SELBST.
ICH HABE MIR HOFFNUNGEN GEMACHT UND WURDE DANN ENTTÄUSCHT.
NANAMI UND ICH SIND SO VERSCHIE-DEN.

DIESES BESONDERE GEFÜHL ERREICHT MICH NICHT.
...
EIGENTLICH ...
SCHEPPER
... KANN ICH MICH NICHT IN NANAMI VERLIEBEN.
OPEN
CAFE

NANA...
BITTE SEHR, EURE GETRÄNKE.
WER HATTE DEN MILCHKAFFEE?
ÄH...
ICH.

LASST EUCH BITTE ZEIT.
KOITO.
ICH WERDE NICHT SAGEN, DASS DU MIT MIR GEHEN SOLLST.

ICH WEISS, DASS DU FÜR NIEMANDEN ETWAS BESONDERES EMPFINDEST.
DU WIRST DICH AUCH NICHT IN MICH VERLIEBEN.
DAS IST SCHON IN ORDNUNG.
DAHER...
... LASS MICH DICH BITTE LIEBEN.
...
SCHÜTTEL
SCHÜTTEL

DAS IST DOCH...
... SELTSAM...
... WENN MAN JEMANDEN LIEBT UND DENNOCH NICHT VON DER PERSON GELIEBT WERDEN MÖCHTE.
ICH HÄTTE AUCH NICHT GEDACHT, DASS ICH MICH JE VERLIEBEN WÜRDE.
ICH BIN GERADE SEHR ZUFRIEDEN.
ICH WILL DIESES GEFÜHL NICHT AUFGEBEN.
DARF ICH NICHT?

ICH...
WENN DU DAMIT ZUFRIEDEN BIST...
... SOLL ES MICH NICHT STÖREN.

DANKE.
SCHON WIEDER ...
... BIN ICH MIT SO EINEM STRAHLENDEN GEFÜHL KONFRONTIERT.

WARUM ...
... HABE ICH GESAGT, DASS ES MICH NICHT STÖRT?
SIE IST...
... WIRKLICH UNFAIR.

DU MACHST EIN ERNSTES GESICHT.
NA WEIL...
... ZU DER ZEIT HINTER MEINEM RÜCKEN ... ALSO...

Bloom Into You

-HIGASHI ZEITU
CHULSPRECHERIN
WETTBEWERBSGEWINNER
-HIGASHI ZEITUNG
TOHMI-HIGASHI ZEITUNG
TOHMI-HIGASHI ZEITUNG
TERS EMPFEHLUNGSVERANTWORTLICHER KOTA TANAKA, ANWÄRTERIN TOKO N
ANTWORTLICHE YU KOITO, ANWÄRTER MAKO YOSHIOKA
ICHE MISAKI
27. APRIL: ZIMMER DER SCHUL
DIE SIEBENUNDV
SCHULSPRECHE

ガコン
WABOMM
NACH DEN FREIEN TAGEN KOMMEN JETZT ENDLICH DIE REDE UND DIE ABSTIMMUNG.
DAS ENDE WIRD AM ANSTRENGENDSTEN ...
... ABER DANACH WIRD ES WIEDER RUHIGER.
NACH DER WAHL WARTEN DANN DIE AUFGABEN DES SCHULKOMITEES AUF UNS.
チャリ…
KLIMPER
ICH HABE ABER NICHT GESAGT, DASS ICH DEM SCHULKOMITEE BEITRETE.
WIE? MACH DOCH MIT.
パチン
KLAPP

WILLST DU?
HM?
VIELEN DANK.
GLUCK
DANKE.

DANN VERABSCHIEDE ICH MICH HIER.
KAFFEE
REISBÄLLCHEN 100 YEN BIER
WARTE. HEUTE GEH ICH AUCH IN DIE RICHTUNG.
NICHT ZUM BAHNHOF?
ICH WILL BEI EINEM BÜCHERLADEN VORBEI.
ÜBER DIE FREIEN TAGE FAHRE ICH MIT MEINER FAMILIE WEG.
ICH MÖCHTE ALSO ETWAS LESESTOFF FÜR DIE FAHRT.
OKAY.
HAST DU DENN GESCHWISTER? FAHRT IHR ALLE WEG??
FUJISHIRO-BÜCHER
WIR SIND ZU DRITT. NUR MEINE ELTERN UND ICH.
ACH?

WILL-
KOMMEN.
ICH BIN WIEDER DA.
BIST DU SCHON ZURÜCK, YU?
HUCH.
WAS ?!
TASCHENBÜCHER
TASCHENBÜCHER
BUNKO
DIES IST DER LA-
DEN MEINER FAMILIE.
にひ
GRING
SAG DAS DOCH VORHER!
ACH, HAB ICH DICH ÜBER-
RASCHT?

ABER DU HEISST DOCH KOITO. WARUM DANN FUJISHIRO-BÜCHER?
DER LADEN GEHÖRT MEINER OMA.
FUJISHIRO-BÜCHER
HALLÖCHEN!
PUZZLE 100
COMEDY
FUJISHIRO-BÜCHER
MAMA! HALLO!!
FLÜSTER FLÜSTER
ICH BIN GERADE SEHR AUFGEREGT ...
DU MUSST DOCH BEI DER MUTTER EINER SCHULKAMERADIN NICHT AUFGEREGT SEIN.
IRGENDWIE KOMMT ES MIR VOR...
... ALS MÜSSTE ICH MICH ENTSCHULDIGEN, DASS ICH IHRE TOCHTER GETÄUSCHT HABE.
DAS HAST DU DOCH GAR NICHT.
YU, IST DAS EINE FREUNDIN?
FUJISHIRO-BÜCHER

DAS IST TOKO NANAMI VOM SCHULKOMITEE.
ICH HAB DOCH GESAGT, DASS ICH BEI DER SCHULSPRECHERWAHL HELFE.
ACH!
DU BIST GENAUSO SCHÖN, WIE MIR ERZÄHLT WURDE.
?!
VIELEN DANK, DASS DU DICH GUT UM MEINE TOCHTER KÜMMERST.
PAMM
ICH MUSS MICH VIEL EHER DAFÜR BEDANKEN, DASS SIE MIR BEI DER GANZEN ARBEIT AUSHILFT.
WEIL SIE SO GUT MITGEARBEITET HAT UND EIN LIEBES MÄDCHEN IST, HABE ICH SIE GEBETEN, MIR ZU HELFEN.
OJE. MACHT SIE DIR KEINEN ÄRGER?

DAS IST ABER EINE NETTE MITSCHÜLERIN.
SIE HAT EIN GUTES AUFTRETEN UND SCHEINT ZUVERLÄSSIG ZU SEIN.
カチャカチャ
ジャー
BRUTZEL
ZUMINDEST WIRKT SIE SO... NETT.
SO WAS SAGT MAN DOCH NICHT ÜBER SEINE FREUNDE.

ICH BIN BERUHIGT, DASS SIE SO ANSTÄN-DIG IST.
DU SOLLTEST GUT AUF DIESE PERSON AUFPAS-SEN.
SCHEPPER
ICH BIN WIEDER DA.
WAS?
ÜBER WEN REDET IHR?
WILL-KOMMEN DAHEIM, REI.
HAST DU ETWA EINEN FREUND MIT-GEBRACHT, YU?
DEINE SCHWESTER MÖCHTE AUCH DAVON ERFAHREN.
AH HA HA.
WIR REDEN NUR VON EINER MITSCHÜ-LERIN.

DAS WÜRDE MICH ECHT FERTIGMACHEN.
WIE? EINE GELIEBTE?
NATÜRLICH NICHT…
…
BLING
HÄNDE WEG VOM HANDY BEIM ESSEN.
DAS IST VON AKARI.
MÖCHTE SIE ETWA WAS UNTERNEHMEN?
JA.
ZUSAMMEN MIT NATSUKI UND KOYOMI.
IST DOCH SCHÖN, ABER HILF AUCH MAL IM LADEN AUS.

CINEMAS
BIS 21 UHR GEÖFFNET
HOPPING IN DER GOLDEN WEEK
HEY!
NATSUKI, LANGE NICHT GESEHEN!
WEIL ICH AUF EINE ANDERE SCHULE GEHE, SEHEN WIR UNS KAUM NOCH.

DU SCHREIBST ABER AUCH NICHT IMMER AUF MEINE MAILS ZURÜCK.
ICH HABE VIEL IN MEINER AG ZU TUN.
MACHST DU NOCH SOFTBALL?
NATÜRLICH!
IN WAS FÜR EINER AG BIST DU, YU?
AN DER HIGASHI GIBT ES KEIN SOFTBALL, ODER?
IROHA-MART
ALSO ICH...
ICH WEISS DOCH, DASS DU DEM TYPEN ZUM BASKETBALL GEFOLGT BIST.
LASS MICH DAS SAGEN!
ACH? DAS IST UNERWARTET.
YU IST IN KEINER AG, SONDERN HILFT BEIM SCHULKOMITEE AUS.

MEERES
TICKETS
WELCHEN FILM WOLLEN WIR UNS DENN ANSEHEN?
DEN HIER.
KINOSAAL 4
EINE LIEBESGESCHICHTE?
IN ORDNUNG?

HM.
OKAY.

HACH, WIR HABEN VIEL UNTERNOMMEN.
DER FILM WAR TOLL.
ICH HABE DAS BUCH GELESEN, ABER DER FILM WAR AUCH NICHT ÜBEL.
ABER DA SIE SICH BEIDE MOCHTEN, WOLLTE ICH, DASS SIE SICH FRÜHER IHRE LIEBE GESTEHEN.
GENAU, AKARI. DU SOLLTEST ES DEINEM BASKETBALLER AUCH ENDLICH SAGEN.
ACH.
ICH HABE VON IHM SCHON EINEN KORB BEKOMMEN.

WIE?
Ä...ÄHM, TUT MIR LEID.
TUT MIR LEID, DASS WIR GERADE DANN EINEN LIEBESFILM GESEHEN HABEN...
IST SCHON GUT. MACH DIR KEINE SORGEN.
DAS IST WIRKLICH IN ORDNUNG! ICH KONNTE DAS ECHT AUSHALTEN!
EHRLICH GESAGT BIN ICH ÜBER-RASCHEND GELASSEN.
HÄTTE ER SCHON LÄNGST EINE FREUNDIN, WÄRE ICH ECHT NIEDERGESCHLA-GEN GEWESEN, ABER SO IST ES NICHT.
ER MÖCHTE SICH NUR VOLL AUF BASKET-BALL KONZEN-TRIEREN.
DAHER IST MEINE LIEBE NICHT VÖLLIG VERGEBENS.

ES IST NOCH LANGE NICHT VORBEI.
ICH WERDE IHN WEITERLIEBEN, BIS ER MIT DEM BASKETBALL AUFHÖRT. UND IHN DANN NOCH MAL FRAGEN.
...
AKARI ERZÄHLT DAS SO LOCKER, ALS HÄTTE SIE ES GEÜBT.
ALS HÄTTE SIE DIE WORTE ALLEINE ANEINANDERGEREIHT...
... WIEDER RUNTERGESCHLUCKT ...
... UND NEU GEORDNET.
DAS STIMMT, AKARI.
DU MUSST NOCH NICHT AUFGEBEN!

ZEIG IHM VIEL LIEBER, DASS DU IHM NICHT IN DIE QUERE KOMMST.
VIELLEICHT KLAPPT ES DANN NOCH, BEVOR ER SICH AUS DER BASKETBALL-AG VERAB-SCHIEDET!
GENAU. ER HAT DAS ZWAR GE-SAGT...
... ABER VIELLEICHT WIRD ER SICH IN DICH VER-LIEBEN, WENN DU IHN WEITER LIEBST.
ACH, WIRK-LICH?
GENAU!
WIDER-SPRICH UNS NICHT!

STRENG DICH AN.
DU SCHAFFST DAS! ES IST NOCH NICHT VORBEI!
DAS WÄRE SCHÖN...
HE HE.
DANKE.

FUJISHIRO-BÜCHER
HUCH?
UWAH.
FUJISHIRO-B
WILLKOM-
MEN.

WAS IST DENN LOS?
ICH BIN NUR ZUM EINKAUFEN HIER.
ABER DU WOHNST DOCH ZWEI BAHNHÖFE ENTFERNT, ODER?
HM..
EIN MIT-BRINGSEL ...
... VON DER REISE.
DARF ICH ES DIR GEBEN?
DU HÄTTEST MIR RUHIG VORHER SCHREIBEN KÖNNEN.
VIELLEICHT WÄRE ICH JA NICHT HIER GEWESEN.
DANN HÄTTEN WIR UNS MORGEN IN DER SCHU-LE WIEDER-GESEHEN.
DANN HÄTTEST DU ES MIR DOCH GLEICH LIEBER MOR-GEN GEBEN KÖNNEN, ODER?

...
...
NANA-MI?
WIE SEHR LIEBST DU MICH EI-GENTLICH?
ÄHM...
FUJISHIRO-BÜCHER

WAS SOLL DER SPRUCH DENN?
ICH LIEBE DICH SEHR.
SIE IST...
... STERNE ANSCHAUEN GEFAHREN? HM...
NICHT SCHLECHT.

カチッ
KLICK
WOOOOW!!

FREU ICH MICH ÜBER DAS GE-SCHENK?
JA, ICH FREUE MICH ZIEM-LICH.
ABER EHER NOR-MAL.
TJA, WENN ICH ES SA-GEN MÜSSTE, WÜRDE ICH SAGEN, DASS ICH STERNE MAG.
DAS GESICHT VON NANAMI.
DABEI IST SIE SONST IMMER SO GELASSEN.
KICHER

WARUM HAT NANAMI...
... SICH EIGENTLICH SO SEHR IN MICH VER-LIEBT?
YU.
ガチャ
KLACK
LEIH MIR DEIN HANDYLA-DEGERÄT.
KOMM NICHT EIN-FACH HIER REIN.
WA-RUM?
ACH.
ICH HABE MEINS IN DER UNI GELASSEN.

DAS SAGST DU ZWAR, ABER EIGENTLICH IST ES BEI HIRO, ODER?
WAS IST DAS DENN?
EIN GESCHENK AN MICH!
ACH. VON DEINER GELIEBTEN?
DU BIST BLÖD, REI!
HEY!
ぴょん
HÜPF
JUHU. ICH KANN DIE STERNE ERREICHEN.
FASS DAS NICHT AN.
AUCH WENN ES STERNE SIND...

...
... ABER VIELLEICHT WIRD ER SICH IN DICH VER-LIEBEN, WENN DU IHN WEITER LIEBST.
WERDE ICH SIE AUCH...
... IR-GENDWANN ERREICHEN KÖNNEN?

DAS IST EINE CHRO-MODORIS ORIENTALIS.
ALS NÄCHSTES MÖCHTE ICH EINE TRAPANIA NAEVA HABEN.

Bloom Into You

5
DIE PERSON, DIE MICH LIEBT
EPISODE FÜNF

ざわ BRABBEL
ざわ BRABBEL
ざわ BRABBEL
MONAT TAG
6. Stunde Öffentliche Debatte / Abstimmung
WARUM HAT NANAMI SICH EIGENTLICH SO SEHR IN MICH VERLIEBT?
ICH BIN FEST DAVON ÜBERZEUGT, DASS TOKO NANAMI ALS VORBILD...
... FÜR ALLE SCHÜLER DIESE SCHULE VERBESSERN WIRD.
ENDE!
ICH KÖNNTE DAS NICHT. DAS HAST DU SUPER AUSWENDIG GELERNT.

ICH HABE DEN TEXT MEHRFACH ABGEÄNDERT.
SELBST BEI AUFREGUNG SOLLTE ES IM ERNSTFALL KLAPPEN.
VIEL ERFOLG.
WAS MACHST DU NACH DER WAHL?
GEHST DU DANN INS SCHULKOMITEE?
NEIN, WERDE ICH NICHT.
ICH GLAUBE, DASS DU SPASS HÄTTEST, WENN DU DA MITMACHEN WÜRDEST.
IN DER MITTELSCHULE WURDEST DU DOCH AUCH NUR ZUM SOFTBALL EINGELADEN...
... ABER HAST AM ENDE FLEISSIG MITGEMACHT.
HM.
DER SPASS KOMMT FÜR DICH DOCH IMMER ERST, WENN DU ANFÄNGST.
BEI DEN HILFSARBEITEN STRENGST DU DICH DOCH AUCH GERADE SEHR AN.
ICH WERDE DA ABER NICHT MITMACHEN!

HACH, ICH FANGE AN ZU SCHWITZEN.
BERUHIG DICH.
ZUM GLÜCK FIEL DIE WAHL AUF DEN MATHEUNTERRICHT.
JA, MATHE NERVT.
WER WIRD ES WOHL WERDEN?
BESTIMMT TOKO NANAMI, ODER?
SEID IHR BEIDE AUFGEREGT?

SAYAKA.
BIST DU GEKOMMEN, UM UNS DAS LAMPENFIEBER ZU NEHMEN ODER WEIL DU DIR SORGEN MACHST?
BEI DIR DAS ERSTERE UND BEI KOITO DAS LETZTERE.
VIEL ERFOLG, KOITO. ENTSPANN DICH EINFACH.
SOLLTE ES SCHIEFLAUFEN, WIRD TOKO DAS ALLES WIEDER GERADEBÜGELN.
SETZ SIE NICHT UNNÖTIG UNTER DRUCK.
ABER BEI DIR IST ES DOCH DIE WAHRHEIT, ODER?
MENSCH ...

SAEKI, DU SCHEINST WIRKLICH SEHR AUF NANAMI ZU SETZEN.
NATÜRLICH.
ICH HABE SIE IMMER AUS DER NÄHE BEOBACHTET.
ICH HABE NIE GESEHEN, DASS SIE IM ERNSTFALL VERSAGT HÄTTE.
STIMMT... ICH HÄTTE ES FAST VERGESSEN, DA SIE MICH IMMER VERWIRRT...
... ABER EIGENTLICH IST SIE EIN TOLLER MENSCH.

...
HM...
POLTER
FRAU HAKOZAKI?
ICH BIN ETWAS AUFGEREGT...
DARF ICH DRAUSSEN KURZ LUFT SCHNAPPEN GEHEN?
NATÜRLICH, ABER KOMM BITTE WIEDER, BEVOR WIR ANFANGEN.
JA.

ALLES IN ORD-NUNG?
NANAMI ...
... KANNST DU BITTE MITKOM-MEN?

IR-GEND-WIE...
... SIEHST DU ÜBER-HAUPT NICHT AUFGEREGT AUS.
ACH, DU SIEHST VIEL EHER AUS WIE DIE RUHE SELBST!
ICH?
ICH BIN DARAN GEWÖHNT.
ACH SO.
DAS IST DOCH SCHÖN.
?
KANN ES SEIN...

... DASS DU MICH NUR MITNEHMEN WOLLTEST?
WÄRST DU AUFGEREGT GEWESEN, HÄTTE ICH DAS NOCH WENIGER SAGEN KÖNNEN...
... ABER ANSCHEINEND IST ES EH SINNLOS GEWESEN.
LASS UNS ZU-RÜCK.
ZERR

ICH WOLLTE ES EIGENTLICH GEHEIM HALTEN.
WENN DU VOR AUF-REGUNG ZITTERN MUSST...
... DANN HÄTTEST DU DOCH SAEKI ODER SO UM HILFE BITTEN SOLLEN.

DAS KANN ICH NICHT.
SAYAKA UND DIE ANDEREN GLAUBEN AN MICH.
ICH WILL ... SIE NICHT ENTTÄU-SCHEN.
WARUM GEHST DU SO WEIT?
...
NIEMAND ERINNERT SICH NOCH DARAN...
... WIE ICH ALS KIND WAR.

MEINE NOTEN WA-REN DURCH-SCHNITTLICH UND ICH HATTE NICHT VIELE FREUNDE.
ICH WAR EIN ANGSTHA-SE, DER SICH IMMER HINTER DEN ANDEREN VERSTECKTE.
ABER EINES TAGES KONNTE ICH NICHT LÄNGER SO BLEIBEN.
ICH HABE VERZWEI-FELT GE-LERNT...
... UND MIR ANGE-STRENGT ÜBERLEGT, WIE ICH DEN ANDEREN GEFALLEN KANN.
GANZ, GANZ LANG-SAM...
... NÄHERTE ICH MICH MEINEM IDEAL...
... UND WURDE SO, WIE ICH JETZT BIN.
DU KONNTEST NICHT SO BLEIBEN?
WAS IST DENN PAS-SIERT?
...

ICH DARF NIE WIEDER DAHIN ZURÜCK.
ICH MUSS »PERFEKT« BLEIBEN.
KICHER
DASS ICH MICH DIR HIER SO OF-FENBARE...
... IST SELTSAM FÜR MEIN PERFEKTES ICH...
WAS REDEST DU DENN DA?

IM GEGENSATZ ZU ANDEREN DENKE ICH ÜBERHAUPT NICHT...
... DASS DU PERFEKT BIST, NANAMI.
OFFENSICHTLICH HAST DU MICH AUS PERSÖNLICHEN GRÜNDEN ALS VERANTWORTLICHE AUSGEWÄHLT...
... UND BIST DANACH IRGENDWIE UNSICHER GEWORDEN.
AUSSERDEM KANN MAN ES DEINEM GESICHT ABLESEN...
... DA DU SOFORT ROT WIRST.
URGH.
SELBST WENN DU MIR DEINE SCHWÄCHEN ZEIGST, WÜRDE DAS JETZT NICHTS MEHR ÄNDERN.
ES IST ALLES GUT.
KOITO, KOMM MAL KURZ NÄHER.
?

NANAMI?
NUR EINEN KLEINEN MOMENT.
BITTE.
ぽん
POMM
DU BIST HEUTE SO NETT ZU MIR.
WENN JEMAND SO SCHWACH VOR EINEM WIRD...
... DANN MUSS MAN DOCH ETWAS NETT SEIN, ODER?

DAS IST...
... DOCH VOLLKOMMEN NORMAL.
NORMAL?
DAS PASST ZU DIR.
DU VERZEIHST MIR IMMER.
ACH SO.

DESWEGEN BIN ICH ES ALSO.
EMPFINDEST DU NICHTS BESONDERES FÜR IRGEND-JEMANDEN?
NEIN...
... FÜR NIEMAN-DEN.

WEIL ICH IHR GESAGT HABE, DASS SIE BEI MIR...
... NIEMAND BESONDERES SEIN MUSS.
NUR BEI DIR...
... KANN ICH SO SEIN.
DAS HIER IST FÜR NANAMI BESONDERS.

ALS NÄCHSTES KOMMT DIE WAHLREDE FÜR TOKO NANAMI:
YU KOITO.
SCHEPPER
JA.
ZITTER
ICH WEISS ZWAR NICHT, WARUM NANAMI...
... SICH SO SEHR BEI DIESER SACHE AN-STRENGT...
HAAAAH

... ABER EIGENTLICH IST SIE SCHWACH...
... SPIELT ALLEN ET-WAS VOR...
... UND IST DICKKÖPFIG UND UNGE-SCHICKT.
WENN ICH DIE EINZIGE PERSON BIN, VON DER SIE HILFE HABEN MÖCHTE...

... MUSS ICH...
... FÜR ALLE SCHÜLER DIESE SCHULE VERBESSERN WIRD.
OHO.
SIE HAT ES SICHER BIS ZUM ENDE GESCHAFFT.
DESWEGEN...
?

?!
TOKO NANAMI HAT WÄHREND DES WAHLKAMPFS ALLE DINGE PERFEKT ERLEDIGT.
EHRLICH GESAGT GLAUBE ICH KAUM, DASS SIE MEINE HILFE NÖTIG GEHABT HÄTTE.
DENNOCH HAT SIE MIR DINGE GESAGT, BEI DENEN ICH IHR HELFEN DURFTE.
… MÖCHTE ICH GERNE EIN MITGLIED IHRES SCHULKOMITEES WERDEN.

ICH MÖCHTE TOKO NANAMI EINE HILFE SEIN.
DESWEGEN …
ALSO …
ÄHM…
… HOFFE ICH DARAUF, DASS IHR ALLE SIE BEI DER WAHL…
… UNTERSTÜTZEN WERDET.
パチ KLATSCH
パチ KLATSCH
パチ KLATSCH
DAS WAR ES. VIELEN DANK.
ICH HABE ES IM EIFER DES GEFECHTS GESAGT.
DAS HÄTTE ICH HIER DOCH ÜBERHAUPT NICHT VERKÜNDEN MÜSSEN.
ALS NÄCHSTES DIE ANWÄRTERIN SELBST: TOKO NANAMI.

DAS WAR LIEB VON DIR ...
DAS WAR DOCH NOR-MAL...

ザワ
BRABBEL
ザワ
BRABBEL
DA IST ES.
バサッ
PLATSCH

ERGEBNIS DER 47. WAHL ZUM SCHULSPRECHER
DIE GESTRIGE ABSTIMMUNG ZUR WAHL DES SCHULSPRECHERS ENDETE MIT FOLGENDEM ERGEBNIS:
GEWÄHLT
KLASSE 2-A TOKO NANAMI
WAHLVERWALTUNGSKOMITEE
JUHU!
BRÜLL
GLÜCKWUNSCH!
KOITO, WIR HABEN'S GESCHAFFT!
UWAH!
WABAMM
NUR WEIL DU DICH SO ANGESTRENGT HAST. DANKE.
WAS MACHST DU DENN DA?
AH HA HA.

FLÜSTER
ICH LIEBE DICH.
ぱっ
PAMM
JAJA...
LASS SIE ENDLICH LOS, TOKO.
OKAY.

DIE »LIEBE« IST IMMER NOCH NICHT MEIN GEWORDEN, ABER...
... ICH HABE MICH ENT-SCHLOSSEN, BEI IHR ZU BLEIBEN.
DAMALS HATTE ICH NOCH NICHT BEMERKT, DASS ICH DAFÜR...
... ETWAS WÜRDE AUFGEBEN MÜSSEN.

UM DIE ERSTE LIEBE, DIE MAN TRIFFT…

AND 2 IST BEREITS IM HANDEL ERHÄLTLICH…

BLOOM INTO YOU (2)

PRÄSENTIERT VON NIO NAKATANI

NACHWORTMANGA

SELBSTVORSTELLUNG

* NIO = ZWERGTAUCHER; HATO = TAUBE

VERWICKLUNGEN

ICH HABE URSPRÜNGLICH NUR GESCHICHTEN MIT NORMALEN FREUNDSCHAFTEN ZWISCHEN MÄDCHEN GEZEICHNET…
… DAHER DACHTEN DIE LEUTE, DASS ICH YURI-MANGA ZEICHNE.
EIGENTLICH SIND ES KEINE LIEBESGESCHICHTEN. KANN MAN ES DENN DANN ÜBERHAUPT YURI NENNEN?
?
ABER ICH MAG YURI-MANGA UND VIELLEICHT MÖCHTE ICH AUCH MAL EINE LIEBESGESCHICHTE ZEICHNEN…
LANGSAM ÄNDERTE SICH SO MEINE MEINUNG.
IRGENDEINE VERANSTALTUNG
OH, FRAU NAKATANI.
REDAKTEUR
WOLLEN SIE NICHT EINEN YURI-MANGA FÜR UNS ZEICHNEN?
REDAKTEUR
OH, HIER EIN GESCHENK.
LECKEREI
ICH ZEICHNE IHN.
TADAA
AH
LECKEREI
ÄH, NEIN. ICH ZEICHNE IHN, WENN ICH ES SCHAFFE.
EIN YURI-MANGA IN DER DENGEKI-DAIO*?
ICH WILL NUN MAL YURI MACHEN.
DAS VERSTEHE ICH.
HUCH
* EIN MANGA-MAGAZIN
SO WAR ES UNGEFÄHR.
ERZÄHL DAS LIEBER MIT MEHR LEIDENSCHAFT.
GURR
JEDENFALLS HOFFE ICH, DASS IHR BLOOM INTO YOU AUCH WEITERHIN TREU BLEIBT!
DANKE!!
MEIN REDAKTEUR TATSUYA KASUNOKI
MEIN DESIGNER
ALLE, DIE BEI DER RECHERCHE ODER DER KONTROLLE DER VORZEICHNUNG UND DER BILDER GEHOLFEN HABEN
ALLE, MIT DENEN ICH GESCHÄFTLICH ZU TUN HABE
UND ALLE MEINE LESER!

Stopp!

W0210518

Bloom into you!

Manga so originalgetr

BLOOM INTO YOU! a

Man muss diesen Con … nd Seite für
Seite nach »vorn« weiterblättern. Auch die Bilder auf jeder Seite und die Sprechblasen innerhalb der Bilder werden von rechts oben nach links unten gelesen. Das ist gar nicht so schwer!

Viel Spaß mit **Bloom into you!**

Unser Versprechen für mehr Nachhaltigkeit

- Klimaneutrales Produkt
- Papiere aus nachhaltiger Waldwirtschaft
- Hergestellt in Europa

CARLSEN MANGA! NEWS • Jeden Monat neu per E-Mail • www.carlsenmanga.de • www.carlsen.de

CARLSEN MANGA • Deutsche Ausgabe/German Edition © Carlsen Verlag GmbH • Hamburg 2018 • Aus dem Japanischen von Lasse Christiansen • YAGATE KIMI NI NARU Vol. 1 © Nakatani Nio 2015 • First published in Japan in 2015 by KADOKAWA CORPORATION, Tokyo. • German translation rights arranged with KADOKAWA CORPORATION, Tokyo, through TOHAN CORPORATION, Tokyo • Redaktion: Britta Hellwig • Lettering: Vibrraant Publishing Studio • Herstellung: Karen Kollmetz • Alle deutschen Rechte vorbehalten • ISBN: 978-3-551-76194-1